DIX-SEPT ANS DE MENSONGE

Direction de la collection *Uppercut*:
Pierre Fankhauser, Lausanne
pierre.fankhauser@bsnpress.com

Mise en page:
Nathalie Monbaron, Lausanne
nathalie.monbaron@bsnpress.com

Correction:
Emmanuelle Narjoux Vogel, Paris
enarjoux@hotmail.com

Illustration de couverture:
Marie-José Imsand, Lausanne
mjimsand@gmail.com

Soutiens à la collection *Uppercut*:
Fondation Jan Michalski, à Montricher
Association « A contrario », à Lausanne

FONDATION JAN MICHALSKI POUR L'ECRITURE ET LA LITTERATURE

a contrario

MICROROMAN

DIX-SEPT ANS DE MENSONGE

BESSA MYFTIU

Uppercut

Cet ouvrage a été publié
avec le soutien de la République et canton de Genève

De la même auteure :

Vers l'impossible, Ovadia, 2016.
Amours au temps du communisme, Fayard, 2011
Littérature et savoir, Ovadia, 2008
Confessions des lieux disparus, L'Aube, 2007
(Prix Pittard de l'Andelyn 2008)
Dialogues et récits d'éducation sur la différence, Les Paradigmes, 2006
(avec Mireille Cifali)
Nietzsche et Dostoïevski : éducateurs ! Les Paradigmes, 2004
À toi, si jamais..., L'Envol, 2001
Ma légende, L'Harmattan, 1998
Des amis perdus, Marin Barleti, 1994

À Geneviève

*Ce qu'on fait par amour l'est toujours
par-delà le bien et le mal.*

Nietzsche

Une inconnue était assise sur le canapé de la cuisine. La quarantaine, très maigre et mal habillée, elle ressemblait à un spectre.

– C'est ma cousine éloignée, dit la mère. Elle sort de prison et n'a personne chez qui aller.

Armand tressaillit. Il avait entendu des horreurs sur les prisons, cette femme y était donc passée ? Elle avait des yeux doux, larmoyants. Elle ne parlait pas. Elle le regardait comme s'il constituait un miracle vivant.

– Elle va rester quelque temps chez nous.

Armand accueillit les paroles de sa mère avec joie : cette femme était venue au bon moment. Depuis quelques mois, il s'apprêtait à quitter l'Albanie ; il patientait et guettait sa chance. En ces temps troubles, Armand vivait dans l'ombre, la tête ailleurs. Une invitée lui faciliterait la tâche : ses parents ne resteraient pas seuls.

– Comment t'appelles-tu ? lui demanda-t-il.

– Elsa.

– Quel âge as-tu ?

– Trente-sept ans, répondit-elle avec l'accent de Korça.

Partout, les prisons avaient été ouvertes directement après le renversement de la statue du dictateur Enver Hoxha. On reconnaissait au premier coup d'œil ceux qui y avaient vécu. Semblables aux fantômes, le regard vide placé quelque part au-dessus de la tête des gens, ils marchaient dans la rue en chancelant. L'euphorie générale ne les atteignait pas. Peut-être avaient-ils passé l'âge des rêves ou peut-être que la prison avait brisé toutes leurs illusions... Peut-être qu'ils portaient le pénitencier comme une forteresse, à l'intérieur d'eux-mêmes, partout où ils allaient. Attendaient-ils leur temps ou au contraire étaient-ils convaincus que leur temps était révolu ?

– Combien d'années étais-tu en prison ?

– Beaucoup, répondit-elle avec un soupir, sans plus de précisions.

– Tu es contente alors d'être libérée ?

« Quel con je suis ! » pensa Armand, mais la question était déjà posée.

- Je ne réalise pas encore...

- Jusqu'à quand devais-tu y rester ?

- Toute ma vie.

Elle commença à tousser.

La mère d'Armand s'empressa de lui apporter un thé au citron.

- Ne lui pose plus de questions, ordonna le père.

Armand accepta d'un mouvement de tête et n'aborda plus ce sujet le reste de la journée. De loin, il observait l'ex-prisonnière. Elle restait silencieuse, assise, la plupart du temps, sur le canapé. Parfois, il avait l'impression qu'elle le regardait. Quand vint le soir, elle demanda la permission de se doucher à nouveau.

- Mais qu'est-ce que c'est que ces manières ! s'étonna la mère. Fais comme chez toi.

Elsa murmura à voix basse que la douche lui avait terriblement manqué et poussa la porte de la salle de bain.

– La pauvre ! soupira la mère en préparant le dîner.

Son fils, Armand, cadeau inespéré du destin, était né quand elle fêtait son quarante-deuxième anniversaire. Après l'accouchement, le couple avait quitté Korça, sa ville d'origine, pour s'établir à Vlora, au bord de la mer. Armand ne s'était jamais senti à l'aise dans cet endroit trop agressif pour lui. La grossièreté des habitants de Vlora, prêts à s'insulter et à se battre continuellement, le bouleversait. L'hymne de la ville, une chanson des années 30, représentait un condensé de sa mentalité : « Soit Vlora devient nôtre, soit elle devient charbon et cendres. »

Par le passé, les bandits et les brigands les plus renommés venaient de Vlora, les voleurs également. Même pendant l'époque du communisme, la tradition persistait. Ville de la proclamation d'indépendance, lieu d'insurrections et de rébellions incessantes depuis la nuit des temps, Vlora était devenu l'endroit de prédilection pour s'évader vers l'Italie et la Grèce. Pourtant, une grande partie des fuyards étaient rattrapés et condamnés à mort ; le nombre des exécutions dépassait celui des chanceux arrivés sur l'autre rive.

Armand n'arrivait pas à comprendre comment ses parents – enseignants sans histoire – avaient préféré Vlora à Korça, ce havre de paix et de travail. Même si le communisme avait gâché un peu l'ambiance tranquille des années d'avant-guerre, « Le petit Paris », comme on appelait autrefois la ville, restait encore un endroit calme d'artisans. Il suffisait de voir les maisons construites de pierre et de bois pour en saisir l'atmosphère magique et d'écouter les sérénades jouées à la guitare, la nuit, pour en sentir l'âme débordante de mélancolie.

Les parents d'Armand y allaient chaque hiver, quand les toits lourds de neige racontaient des histoires truffées de nostalgie ; leur fils peinait toujours à quitter la ville qui l'avait vu naître, mais le verdict des parents était sans appel : ils vivraient les trois à Vlora. Armand avait beaucoup souffert pour trouver sa place, alors qu'à Korça tout allait de soi : il s'entendait à merveille avec les voisins, les passants, les cousins...

- Tu es née aussi à Korça ? demanda-t-il à Elsa.

- Oui, répondit-elle laconiquement.

- Tu as déjà été à Vlora ?

Elle nia d'un mouvement de tête.

- Et je présume qu'elle souhaite voir la mer, intervint le père. Est-ce que tu pourrais l'emmener demain à la plage ?

Même si tout son être était tendu vers un seul but, «partir à l'étranger», la curiosité poussait Armand à tenir compagnie à cette visiteuse mystérieuse. Son sommeil fut troublé d'étranges rêves peuplés de prisonniers, mais le lendemain, malgré sa fatigue, il se montra prêt à accompagner Elsa.

Pour aller à plage, il fallait prendre le bus, toujours bondé, au centre de la ville. Ils y montèrent. Une fois arrivée au bord de la mer, Elsa ne se déshabilla pas. Vêtue d'une robe fleurie, elle regardait l'horizon, immobile telle une statue.

- C'est la première fois que tu vois la mer?

- Peut-être. J'ai déjà oublié. J'ai oublié beaucoup de choses.

Armand, en maillot de bain, se coucha sur le sable chaud.

- Je peux te poser des questions?

- Oui, répondit-elle avec un sourire.

- Est-ce que tu as beaucoup souffert en prison?

- Bien sûr.

Ensuite elle ajouta :

– Mais moins que d'autres...

Par pudeur, Armand se tut. Elsa porta son regard au loin et, pendant quelques minutes, un silence pesant s'installa.

– Qu'est-ce que tu fais comme sport ? demanda soudain Elsa à Armand, en contemplant son corps musclé.

– De la boxe.

– Ah !

Elle parut terriblement troublée.

– Et tes parents le savent ?

– Bien sûr que non !

– Comment t'est venue l'idée de faire de la boxe ?

– Il y a deux ans, mes copains m'ont invité chez eux pour les voir s'entraîner. J'ai accepté, même si, à vrai dire, je n'en avais aucune envie. J'avais peur qu'ils me poussent à me battre. C'est ce qui est arrivé. Les salauds voulaient m'humilier et en rire ensuite, puisque moi, je ne me bagarre pas, je joue de la guitare... Mais ça ne s'est pas passé comme prévu.

– Qu'est-ce qui s'est passé, alors ?

– Après avoir mis les gants, je suis devenu un autre homme. J'ai commencé à répondre aux attaques, et là, surprise : tout le monde était étonné, moi le premier. Personne ne pouvait me cogner, j'arrivais à me défendre parfaitement. J'ai donc décidé de continuer à m'entraîner. Et petit à petit, j'ai appris à me battre. Aucun des boxeurs de mon âge n'a pu gagner contre moi jusqu'à maintenant. On dirait que j'ai la boxe dans le sang.

Ce sport violent, interdit en Albanie depuis plus de vingt ans, avait donné à Armand la possibilité d'avoir sa place en société, du respect et même de l'affection. Sa renommée de boxeur avait franchi les murs de la maison où avaient lieu les combats pour atteindre la cour de l'école et soulever l'enthousiasme des filles. Cela faisait deux ans qu'Armand s'exerçait en cachette, et sa vie avait complétement changé : la ville de Vlora lui était enfin devenue supportable. Les garçons ne le taquinaient plus quand il passait son chemin, rêveur, la tête basse. Tout le monde savait que, malgré sa délicatesse apparente, Armand était capable de donner des coups de poing à une incroyable vitesse et d'une redoutable précision.

Mais il ne se bagarrait jamais, le ring improvisé lui suffisait largement. Ni sa belle voix ni les chansons jouées à la guitare ne lui avaient procuré la popularité dont il jouissait depuis ses premières victoires durant les matchs de boxe. Maintenant, il rêvait d'en faire sa profession. Il en avait assez de toujours mentir à ses parents, d'inventer des excuses pour s'exercer. Il savait enfin : il allait devenir boxeur !

Armand se leva d'un bond.

- Il fait chaud, je vais nager.

Elsa le suivit ; ils se dirigèrent ensemble vers la rive. Armand commença à courir, ensuite plongea, la tête la première. Elsa resta au bord de l'eau. Elle n'avait même pas de maillot de bain, cela faisait seulement deux jours qu'elle était sortie de prison. Il fallait réapprendre à vivre. Il fallait oublier le passé. Maintenant tout devenait possible. Elle erra au bord de la mer jusqu'à ce qu'Armand réapparaisse avec son corps d'athlète.

- Est-ce qu'on pourra y venir à nouveau demain ? lui demanda Elsa d'une voix douce.

- Demain je vais faire de la boxe, dit Armand.

Puis, contemplant le visage déçu d'Elsa, il ajouta :

- Mais quand j'aurai terminé, on ira à un autre endroit, plus beau encore.

Fidèle à sa promesse, le lendemain, après une attente interminable au bord de la route afin qu'un camion les prenne en auto-stop, Armand emmena Elsa à l'un des coins les plus pittoresques du sud de l'Albanie. La mer était d'un bleu de rêve, les arbres ressemblaient à des nuages descendus sur terre pour se reposer un peu. Les rochers, ancrés sur le bord de l'eau, donnaient au paysage un aspect irréel.

- Le paradis existe donc ! s'exclama Elsa, en cherchant une place à l'ombre.

Quand ils furent bien installés, Armand lui demanda, la regardant droit dans les yeux :

- Pourquoi les autres prisonnières ont-elles souffert plus que toi ?

Elsa mit du temps à répondre. Après avoir contemplé la mer, elle parla d'une voix basse, monocorde :

- Parce que j'ai échappé au viol, qui est le sort de la plupart des jeunes prisonnières. Mes parents ont vendu leur maison pour payer le directeur de la prison afin que ça me soit épargné.

Elle regarda par terre.

– Nous avions une belle maison, la plus belle du quartier. C'était mon grand-père qui l'avait construite. Autour de la maison s'étendait un grand jardin où j'aimais jouer quand j'étais enfant. J'ai eu une enfance heureuse à Korça.

Armand s'apprêta à lui demander « Où sont tes parents maintenant ? », mais soudain il se souvint des paroles de sa mère – « Elle n'a personne chez qui aller » – et se tut. Peut-être étaient-ils morts de tristesse après avoir subi l'emprisonnement de leur fille... Il tendit l'oreille.

– Arrivée dans la prison comme une enfant qui descend en enfer, j'ai dû apprendre beaucoup de choses. Pourtant, je n'aurais jamais pu survivre sans l'aide de Nina.

– Qui était-ce ?

– La plus âgée des prisonnières, une paysanne forte et autoritaire. Elle m'a prise sous son aile dès le premier jour. Nina avait perdu une fille, et j'avais la chance de lui ressembler. Elle a eu l'impression que le destin m'avait envoyée pour qu'elle puisse accomplir son devoir de mère. Et, jusqu'au dernier jour, elle m'a appelée « ma fille ». Nina m'a aussi protégée des lesbiennes.

Elsa se mit à trembler. Armand ne savait que faire pour consoler cette femme qui lui semblait tellement enfantine malgré son effroyable expérience. En deux jours seulement, elle avait rajeuni. Ses courts cheveux, ternes à son arrivée, paraissaient maintenant lumineux et gais. Il s'approcha d'elle et la fixa dans les yeux.

- Vois-tu, les femmes en prison sont privées de maris pendant des années, continua Elsa. Elles deviennent folles. Leurs hommes les ont abandonnées, ils ne gardent jamais d'épouses derrière les barreaux.

- Personne ne vient voir les prisonnières ?

- Si, la famille. Les mères ne les abandonnent jamais. Les hommes, toujours. Là-bas, les femmes sont agressées, et non seulement par les gardiens, mais également par les prisonnières. Surtout les jeunes et les plus belles. Elles sont maltraitées, battues, abusées. Et affamées...

Elsa croisa les bras en jetant son regard au loin, derrière l'horizon.

- En prison, on a toujours faim. Les rations sont calculées pour tenir les détenues en vie, pas pour leur donner le sentiment de satiété. En plus, les plus anciennes volaient notre ration quotidienne. Et il fallait se taire... Se nourrir de son imagination. Une de mes amies avait demandé à ses proches un livre de cuisine qu'on appelait entre nous Le livre des contes. Elle nous lisait tous les soirs une recette et je ne sais pas si cela nous faisait plus de bien ou de mal. Mais on y tenait. On souffrait en entendant le nombre de mets qui existaient et la façon dont on les préparait. Parfois, il s'agissait vraiment d'utopie : du faisan farci aux marrons, par exemple. On n'en avait jamais goûté. Difficile même de l'imaginer.

– Qu'est-ce qui était le plus lourd à supporter ?

– L'humiliation. Tu es moins que rien. Tu n'existes pas. Moi, j'étais une fille gâtée, comme toi, par ma famille. Et, un beau jour, je me suis réveillée en prison. Ça ressemblait à un mauvais rêve qui a duré tellement d'années ! Si Nina ne m'avait pas protégée, je pense que je n'aurais pas pu survivre... Elle m'a couverte d'attentions. Elle me donnait la moitié de sa ration, elle empêchait toutes les femmes agressives de m'approcher ! Et elle était forte, tout le monde la craignait. Elle m'a même offert un rouge à lèvres que je garde encore : des habits, on n'avait que ceux de la prison. Tu ne peux imaginer ce que signifie ne pas être libre. Tout est difficile : se laver, dormir, travailler. Quelques-unes faisaient de la couture, d'autres labouraient les champs.

On ne se sent pas un être humain, mais un esclave.

– Qu'avais-tu fait pour subir cela ?

– Je te le dirai une autre fois, d'accord ? Maintenant, j'ai envie de plonger les pieds dans l'eau.

– Et moi, j'ai envie de nager.

Quand Armand sortit de la mer, le soleil commençait à se coucher. Elsa, assise sur un drap vert, l'attendait avec un sourire.

– Je te suis vraiment reconnaissante de m'avoir consacré une partie de l'après-midi.

– C'était avec plaisir.

Il ne mentait pas. D'un côté, cette femme l'intriguait, de l'autre, elle le faisait se sentir important.

– Tu as de la chance d'avoir grandi au bord de la mer.

– Quand j'étais petit, je passais mes journées à creuser des trous dans le sable, dit-il en riant.

– Est-ce que tu as eu une enfance heureuse ? lui demanda Elsa d'une voix douce.

Armand réfléchit un instant.

> – Oui. Même si j'avais l'impression de ne pas être à ma place. Mes parents étaient âgés et avaient des habitudes étranges. Parfois ma mère pleurait en cachette ; je n'ai jamais pu deviner ce qui la faisait souffrir. En me voyant, elle séchait en vitesse ses larmes et me disait que tout allait bien, qu'elle avait mal à la tête. Mais je ne l'ai jamais vue prendre de l'aspirine... Ça me faisait mal au cœur de la voir verser des larmes, car j'avais l'intime conviction qu'elle pleurait à cause de moi.
>
> – Et ton père ?
>
> – Il ne m'a jamais battu. Mes parents sont des gens doux, un peu démodés. Des enseignants, quoi... Des gens sans histoires. Sans fantaisie. Chaque fois que je lisais un livre, et je ne lis pas souvent, je me disais que ça ne pourrait jamais nous arriver. Les histoires intéressantes n'arrivaient qu'aux autres. Nous étions des gens sans couleurs, transparents, presque insignifiants...
>
> – Et cela te faisait souffrir ?

Armand ne sut que répondre et regarda quelques instants la mer, qui commençait à s'assombrir.

- J'ai souffert parce que je n'avais pas d'amis. J'étais souvent seul. Je me sentais tellement différent des autres... En effet, personne ne voulait jouer avec moi. On me frappait souvent.

- Et maintenant ?

Armand sourit.

- Maintenant, personne ne peut me battre, je suis devenu l'homme le plus fort du collège, dit-il avec fierté, en rassemblant ses affaires. Il faut qu'on parte, avant qu'il ne fasse nuit. Autrement, ce sera difficile pour faire de l'auto-stop.

Elsa jeta un dernier regard au ciel enflammé et à la mer presque endormie :

- Ça faisait longtemps que je ne croyais plus à la beauté.

Elle mit ses sandales et suivit Armand qui marchait en sifflant. Tout semblait parfait, harmonieux, magique. Au moment où ils arrivèrent au bord de la route, un camion s'arrêta.

- C'est notre jour de chance, dit Armand à voix basse à l'oreille d'Elsa. On aurait pu attendre des heures ici.

Elle sourit, heureuse, et monta dans le camion. Durant le voyage, qui dura une vingtaine de minutes, elle resta silencieuse, savourant le crépuscule. Les silhouettes des palmiers donnaient au paysage un air enchanté. Maintenant que le soleil s'était couché, la mer se distinguait à peine de l'horizon. Elsa avait l'impression de voler. Elle aurait souhaité ne plus jamais descendre de ce véhicule et passer sa vie à contempler le panorama qui s'offrait à ses yeux affamés. Hélas, le chauffeur les déposa au centre-ville ; quelques minutes de marche les séparaient de la maison. Au moment où ils traversaient la place centrale, un jeune homme s'approcha d'Armand.

– C'est pour demain.

– Sûr ?

Le visage s'Armand rayonna.

– Oui, on se voit à 5 heures du matin, à la gare. C'est une occasion unique. Ne la rate pas...

– Ah non, non !

Et l'homme s'éloigna d'un pas de loup. Elsa avait suivi la conversation avec une attention grandissante. Armand la prit par le bras.

– Écoute-moi, est-ce que je peux te confier un secret ?

– Oui, dit-elle, tremblante.

Armand la regarda droit dans les yeux.

– Demain, je pars d'ici.

– Où ?

– En Italie. Il ne faut rien dire à mes parents. Eux, ils ne comprennent pas. Mais je ne peux plus vivre en Albanie. Je veux devenir boxeur, et il ne me reste qu'un moyen pour réaliser mon rêve : partir à l'étranger. Ici, il faudrait quelques dizaines d'années pour construire un club de boxe, je n'ai pas de temps à perdre. Là-bas, j'entrerai directement dans une équipe, je me suis bien exercé. Je crois à mon avenir.

Comme elle avait l'air hébétée, il lui secoua le bras.

– Tu m'écoutes ?

– Oui.

– Voilà, puisque tu es une cousine de ma mère, tu prendras soin d'elle, sa santé est fragile. Comme ça, je partirai le cœur léger.

Quelle chance que tu sois venue chez nous !
Tu comptes y rester longtemps ?

– Je ne sais pas.

– Tu peux, ma chambre sera vide. Et quand je deviendrai riche, je ferai venir mes parents en Italie. Mais jusque-là, tu t'en occupes, compris ? Tu seras récompensée.

Et ils continuèrent à marcher en direction de la maison. Partout, on sentait une sorte d'excitation. Est-ce que toute la ville se préparait à émigrer ? Les rues étaient bondées. Les gens criaient, prêts à se battre. L'air semblait électrisé. Il faisait encore chaud, et les mâles, en chemises déboutonnées, montraient avec fierté leur corps bronzé et musclé.

– Je partirai à l'aube. Mes parents ne doivent se douter de rien.

De retour à la maison, il s'enferma dans sa chambre et resta jusqu'à ce qu'on l'appelle pour le dîner. Extrêmement pâle, il ne parla guère à table, regardant sa mère tendrement. Que tout lui semblait cher et précieux ! L'évier de la cuisine, le vieux couteau qu'on utilisait pour couper le pain, la toux de son père, qui ne cessait de fumer. Il essayait de photographier chaque détail dans sa mémoire. Sur le mur du salon, un tableau représentait un navire. Combien de fois avait-il rêvé de le prendre ? Son souhait se réaliserait demain. Il ne fallait pas dormir, cette nuit. Il fallait profiter de chaque instant qui lui restait à vivre en Albanie.

Tout d'un coup, Armand eu un moment de panique. Et si sa mère faisait une crise cardiaque ? Il ne se le pardonnerait jamais. Mais rester voulait dire tuer ses rêves... Et il ne le pouvait pas.

– À quoi penses-tu ? lui demanda son père.

– Moi ? À rien.

– Tu as la tête ailleurs, mon fils...

– Il est jeune, il en a le droit, le défendit sa mère, toujours prête à le choyer.

Elsa ne disait rien. Silencieuse comme lors d'un enterrement, elle mangeait avec grande peine la soupe aux légumes, regardant fixement Armand. Il se retenait pour ne pas pleurer et essayait d'affronter son destin en homme. Avant de sortir de table, il s'approcha de sa mère et l'embrassa, afin d'emporter son odeur sur l'autre rive. Ensuite il alla dormir, échangeant un dernier regard avec Elsa.

Le matin, Armand sortit comme un voleur de sa maison. Un sac à dos, avec le nécessaire, il se dirigea vers la gare. Les voyous de la ville, armés, l'attendaient dans le train.

Quand ils arrivèrent à Durrës, le port fourmillait d'Albanais venus de tous les coins du pays. Des femmes traînaient derrière elles des enfants en bas âge. On aurait dit qu'il ne restait plus d'Albanais en Albanie. Armand regarda, inquiet, autour de lui, et soudain...

- Mais qu'est-ce qu'elle fait ici ?

Parmi la foule, il avait distingué Elsa. Il n'en croyait pas ses yeux. D'énervement, il cracha par terre. Elle l'avait suivi ! Elle profitait pour s'enfuir aussi ! Quelle traîtresse ! Enfin, il connaissait à peine cette femme et avait cru naïvement qu'elle s'occuperait de ses vieux parents... Elsa le vit et pâlit.

- Merci beaucoup ! lui lança Armand.

- Je ne peux pas vivre en Albanie, pardonne-moi.

Elle se mit à pleurer.

- Écoute, ça ne me regarde pas, tu fais ce que tu veux...

- Mais je ne connais personne, excepté toi, dit-elle entre deux sanglots.

Armand soupira avec un geste d'exaspération. Comment laisser seule parmi des gens armés une ancienne prisonnière ? Soudain, des cris se firent entendre. Le navire chargé de sucre arrivait. Les gens commençaient à bouger nerveusement. Leur nombre s'était multiplié en un quart d'heure. Comment ce navire pourrait les contenir tous ? Il faudrait se battre pour y grimper. Résigné, Armand mit sa main sur l'épaule d'Elsa.

– Alors, viens, on partira ensemble.

Le visage de l'ex-prisonnière s'illumina. Pour la première fois, Armand y vit le bonheur et fut fier de lui. Non, il ne l'abandonnerait pas. Le destin avait mis cette inconnue sur sa route afin de lui rendre le voyage vers le futur plus difficile, mais il surmonterait cette épreuve avec succès.

– Hourraaaaa !

Le navire jeta l'ancre, et quelques ouvriers commencèrent à décharger le sucre. Le capitaine avait l'air inquiet ; la foule près du port devenait toujours plus dense. Les gens criaient à voix haute aux portefaix :

– Dépêchez-vous !

Soudain, quelqu'un avec l'accent de Vlora hurla :

– On ne va pas les attendre ! Venez !

Et quatre hommes habillés en noir montèrent sur le navire. Le déchargement du sucre n'était pas terminé qu'une dizaine de soldats gagnèrent le bateau. Ce fut comme un signal : hommes, femmes, enfants et vieillards se ruèrent vers l'entrée. Armand prit Elsa par la main.

– Viens, c'est maintenant ou jamais !

Les hommes armés ayant rejoint Armand dans le train allèrent vers le capitaine. Leur but : obliger le commandant du navire *Vlora* chargé de sucre de canne, qui arrivait de Cuba, à prendre la destination de Brindisi. Sous la menace, il obéit sans condition aux ordres des voyous.

En vingt minutes, des milliers de gens montèrent à bord. Ils se bousculaient, tombaient, se relevaient, et finissaient par trouver un coin quelque part dans le navire. Mais les nouveaux venus les obligeaient à changer de place, en traînant derrière eux les valises, les femmes, les enfants. Bientôt le navire fut plein. Puisqu'il n'y avait plus aucune place où s'asseoir sur le plancher, quelques-uns gravirent les mâts.

Le *Vlora* commença son incroyable périple vers l'Italie. Malgré le manque de place, d'hygiène, d'eau et de nourriture, femmes, hommes et enfants se trouvaient dans un état d'euphorie – ils s'approchaient d'un autre monde. Or ce voyage était parsemé d'embûches : on ne les laissa pas accoster à Brindisi. Avec raison : un tel navire n'avait jamais traversé l'Adriatique, même en cas de famine, de guerre et de peste. Il fallait dire que les Albanais enfermés dans un pays prison avaient autant de courage que les condamnés à mort.

Armand résista héroïquement à cette traversée qui n'en finissait pas, Elsa aussi. Les deux regardèrent avec horreur les morts jetés dans la mer – l'unique issue pour les plus fragiles. Mais le navire peinait à trouver son port. Enfin, après deux jours d'un voyage interminable, le capitaine reçut l'ordre de jeter l'ancre à Bari. Les habitants de cette ville furent frappés de stupeur : un bateau prévu pour quelques centaines de personnes qui en transportait environ vingt mille.

Les Albanais furent enfermés dans le stade de la ville : pas d'autre solution pour les autorités. Que fait-on de vingt mille personnes qui arrivent sans être invitées, dont des ex-prisonniers, des bandits et des gens armés ? C'est par hélicoptère que le pain et l'eau furent distribués aux Albanais enfermés dans ce lieu funeste. Assoiffés et affamés, les gens se transformèrent vite en bêtes. Un morceau de cake tombé du ciel devenait une excellente occasion pour se battre cruellement. Les nuits étaient émaillées de viols, les jours chargés d'angoisse et de frayeur.

Armand, armé de toute sa patience, avait décidé de ne pas s'énerver. Mais il ne put se contenir à la vue de deux hommes dérobant des mains d'Elsa un paquet de biscuits qu'elle venait d'attraper au vol.

– Laissez-lui ce paquet, vous n'avez pas honte ?

– De quoi te mêles-tu ?

L'un des hommes frappa Armand au visage.

Alors le sang lui monta à la tête. Il cogna. C'était la première fois qu'il frappait quelqu'un en dehors du ring. L'autre, pris au dépourvu, cogna lui aussi. Ainsi commença un combat agressif. L'adversaire d'Armand, la trentaine robuste, connaissait bien la boxe ; c'était peut-être un ex-prisonnier de droit commun. En face de lui, élégant et pâle, Armand avait l'air fragile, mais ses coups de poing contrastaient avec son apparence gracile. Pétrifiée, Elsa suivait la scène, incapable de prononcer un seul mot.

Rapidement, tout un groupe d'hommes s'attroupa autour des deux adversaires. Personne n'intervint pour les séparer, tant la curiosité de connaître le vainqueur excitait les spectateurs. Il y eut même des applaudissements. Au moment où Armand allait porter le coup de grâce à son adversaire, son acolyte, le voleur du paquet de biscuits, sortit un couteau et fit deux pas en avant. Mais immédiatement, un autre gangster retint sa main.

- On ne tue pas un homme pareil ! C'est une mine d'or !

Et, alors que son adversaire gisait par terre, Armand fut applaudi par toute la foule des curieux rassemblés autour du combat improvisé.

- Bravo, champion !

Des jeunes s'approchèrent de lui, en le félicitant. Armand saignait du nez et cherchait du regard Elsa, qui, le paquet de biscuits encore dans la main, lui apporta tout de suite un mouchoir mouillé.

- J'ai eu la peur de ma vie, murmura-t-elle en tremblant.

Armand, exténué, ne rêvait que d'une seule chose : se coucher par terre pour se reposer. Mais il n'arrivait pas à échapper aux gens désireux de voir de près le vainqueur. Des dizaines de jeunes le touchaient avec frénésie et le complimentaient. Au milieu des visages exaltés, un homme d'un certain âge, très pensif, attira son attention. Il le regardait fixement, essayant de se frayer un passage parmi la foule des admirateurs, et enfin y parvint.

- Une seule fois dans ma vie j'ai vu un tel boxeur : c'était Vassil Mati. Tu es son portrait craché. Cette façon de désarmer psychologiquement ton rival avec la gauche, alors qu'avec la droite tu cognes droit au but, c'est tout lui. Ah, si tu l'avais vu ! Il se déplaçait comme un chat. Quand il se tournait, c'était aussi agile et rapide qu'un serpent. On avait l'impression qu'il dansait sur le ring. Il parvenait à esquiver les coups, tout en préparant une contre-attaque extrêmement puissante. Et ce crochet du gauche, incomparable ! Ceux qui comme moi l'ont applaudi sur le ring ont raison de croire à sa réincarnation en te regardant ! Mais il n'est pas mort, que je sache ! D'où viens-tu, fiston ?

Et avant qu'Armand ait eu le temps de répondre, le vieux remarqua Elsa, qui venait avec une bouteille d'eau ; son visage se transforma d'étonnement :

- C'est toi, Elsa, la femme de Vassil ? Vous avez donc eu un fils ?

Terrassée par ces paroles, Elsa resta un instant interdite, fixant avec effroi le vieil homme, et s'écroula par terre. La foule rassemblée autour d'Armand se pressa pour savoir ce qui se passait.

Deux femmes se penchèrent sur Elsa, qui commençait peu à peu à reprendre conscience. Incapable de prononcer un seul mot, Armand s'était figé sur place et regardait désespérément le vieil homme qui ne comprenait guère sa stupeur. Ce dernier murmura :

– Je ne savais pas que Vassil avait eu un fils. Et je ne savais pas non plus que sa femme était vivante.

La présence d'Elsa l'avait convaincu : sans aucun doute, il se trouvait en face du fils de Vassil Mati, jadis le boxeur le plus célèbre d'Albanie, douze fois champion du pays. Il continua, sans se rendre compte de l'effet que ses paroles avaient sur Armand :

– Tu ne peux pas imaginer à quel point je suis heureux de t'avoir rencontré. On a beaucoup regretté l'interdiction de la boxe en Albanie, justement parce qu'on était des supporters inconditionnels de Vassil. Et aujourd'hui tu reprends son flambeau ! Il doit être tellement fier de toi...

Le vieux embrassa Armand et s'en alla, laissant le jeune homme dans une stupeur inconcevable. Entre-temps, Elsa s'était levée. Deux adolescentes la retenaient par le bras. Armand la regarda, étonné : jamais il n'aurait pensé que cette femme, apparue soudain sur le canapé de sa cuisine, pourrait être sa mère. Il eut envie de pleurer, mais ce geste aurait été trop déshonorant après sa belle victoire... Sa lèvre trembla, et il s'éloigna en courant vers un coin de l'immense stade.

Quand Elsa le rejoignit, les yeux d'Armand étaient secs. Il se sentait vidé. Même pas triste. Et il n'avait plus la force de s'étonner. Seulement d'attendre, avec les autres, le rapatriement. Il avait cru aller vers son futur, et maintenant il découvrait son passé.

– Dis-moi ce qui est arrivé.

Il ne pouvait pas dire « maman ». C'était tôt, encore trop tôt.

– Ne me mens pas, surtout. J'ai droit à la vérité.

– Oui, Armand, dit Elsa à voix basse. Dans une année, on te l'aurait dit. Pour tes dix-huit ans.

– J'ai toujours su que je n'étais pas leur fils ! Ils m'aiment et je les aime, mais je me sentais seul...

– Moi aussi, Armand. Si tu savais à quel point je me suis sentie seule pendant ces dernières années. C'est uniquement le désir de te voir à tes dix-huit ans qui m'a tenue en vie.

- Depuis le début. Je veux tout savoir.

- Ce sera long.

- Nous avons tout notre temps. Et après ce qui s'est passé, personne n'osera nous déranger.

- Que je suis fière de toi, Armand!

Elsa lui baisa les mains, larmoyante.

Armand, mal à l'aise, essaya de la calmer.

- Alors? Tu me racontes?

- J'avais dix-sept ans quand j'ai vu Vassil pour la première fois: c'était notre nouveau prof de sport. Il était beau, très bien bâti. Les filles étaient folles de lui. La légende du boxeur le poursuivait, même si, depuis quatre ans, il ne combattait plus. En l'absence du ring, les commérages prenaient des dimensions incroyables. On l'admirait, on le comblait, on le choyait! Il avait l'âge du Christ, quand il a arrêté la boxe, au sommet de sa gloire! Et il est resté champion pour l'éternité. Mais il était triste. La boxe avait été sa vie. On l'avait brisé. C'est de sa tristesse que je suis tombée amoureuse. Je ne savais rien de l'amour. J'étais fille unique, gâtée et capricieuse. Pourquoi me suis-je éprise de cet homme au point de détruire ma vie et celle de mes parents ? Je ne parle pas de la tienne, Armand, ta vie ne fait que commencer et je ne permettrai jamais qu'elle soit détruite. Ta vie sera belle, parce que tu as la victoire dans le sang. Et parce que tu vivras une autre époque, où l'on peut choisir son sort.

Elsa baisa à nouveau les mains de son fils et soupira.

- Je vais te raconter tout, sois patient. Et pardonne-moi Armand.

- Te pardonner quoi ?

- Ce que tu vas entendre. Pardonne-moi ma folie. Mon amour. Et ma démesure... Je sais que tu es généreux et que tu me pardonneras. Déjà. Je te dois la vie.

- Je ne comprends rien.

- Attends, tu comprendras. Donc, j'avais dix-sept ans, lui trente-sept. On se préparait à aller à un camp de ski, et Vassil était notre moniteur. Jusque-là, je l'adorais, comme les autres filles. J'admirais son corps de chat sauvage quand il courait à travers la cour de l'école, son nez grec, ses yeux d'aigle et son air hautain et fier. Sa tristesse, je ne la voyais pas encore, elle était bien cachée, d'ailleurs. Personne ne la voyait. Et, justement, durant ce camp de ski... La journée, nous avions été dehors, sur la neige, tout était blanc et joyeux. Mais quand est venu le soir, Vassil a ouvert une bouteille de vin et a pris sa guitare. Rien d'étonnant, tu sais qu'à Korça tout le monde fait un peu de musique. Vassil n'était pas un guitariste exceptionnel, mais comme chanteur... Jamais je n'ai entendu une voix plus mélancolique. Cela m'a prise aux tripes, et j'ai commencé à pleurer... La pièce était grande, avec de petites fenêtres derrière lesquelles on distinguait les flocons de neige ; il faisait vraiment froid, et nous étions rassemblés autour de la cheminée. Le feu illuminait le visage de Vassil. Ses doigts agiles touchaient les cordes de la guitare et lui donnaient une âme. Il chantait des airs d'un autre temps, d'un autre pays. Sa mère était grecque, et tout le monde croyait qu'il s'agissait d'une sorcière. D'ailleurs, c'était grâce à la magie de sa maman qu'il gagnait tous les combats, disait-on. Je ne sais pas ce qui était vrai ou ce qui était faux ; je sais seulement qu'après avoir entendu Vassil chanter, je n'étais plus moi-même. Quelque chose m'a transcendée pour toujours. Il ne s'en est pas rendu compte. Il a continué à m'ensorceler... à travers cette voix triste. Inconsolable, il le resterait. Et moi aussi.

Elsa commença à pleurer.

– C'est très dur de se rappeler ces moments, crois-moi !

– Je trouve tout cela très beau, répondit Armand.

– Le tragique de certaines catastrophes, c'est qu'au début tout semble merveilleux. J'ai dormi en rêvant de son visage. Je me suis réveillée en implorant son regard. Il était ailleurs. Il avait fait son show et maintenant il skiait. Moi, je suis tombée malade. J'attendais le soir. Et la magie s'est répétée. Imagine un homme fort chanter avec une délicatesse exquise des chants mélancoliques. J'ai compris pourquoi il plaisait tant aux femmes. Il incarnait la magie du paradoxe ! La conjugaison incroyable entre la force et la délicatesse. On l'appelait l'Ulysse du ring. Il était rusé, il tirait ses origines du pays des ruses et il ressemblait au roi des ruses. Mais il était inconscient de sa perfection. Pire, elle lui était naturelle ! Il avait joué avec l'équipe de Korça et ensuite avec l'équipe de Partizani, à Tirana. Maintenant, il jouait avec le cœur des filles. Elles ne l'intéressaient pas tellement, mais il avait besoin de leur présence pour exister. Au fond, il était resté un sportif avide de ses fans. L'époque de la boxe révolue, il s'était tourné vers la boisson et les femmes. Comme sur le ring, il restait imbattable, tôt au tard, on tombait sous son charme. Sa mère l'avait aspergé d'une potion magique à sa naissance pour qu'il envoûte tous ceux qu'il rencontre. Mais personne n'avait été aussi sensible au sortilège que moi. Les autres femmes ont été gagnées par ses talents de séducteur, alors que moi, malheureuse, j'ai été conquise par sa tristesse. C'était un abîme d'où je ne suis jamais sortie. Vingt ans plus tard, je m'y trouve encore.

Armand boit un peu d'eau. Bien que passionnant, il trouve le récit de sa mère un peu long, puisqu'il n'existe pas encore.

– Mes parents étaient des gens honnêtes mais fades. Pas de folie chez nous, que de la discipline. Ma mère enseignait les mathématiques, mon père l'histoire. L'ennui même. Aucune fantaisie. Moi, j'adorais la littérature et j'étais également forte en maths. Ce fut ma perte...

– Pourquoi ? demanda Armand.

– Je te le dirai, si tu patientes encore un peu. Donc, j'ai tout fait pour séduire Vassil. En vain. En un an, j'ai maigri de dix kilos, tant mon chagrin me rongeait. Lui, il ne remarquait rien. Et vers la fin de la quatrième année, j'ai invité Vassil chez moi afin de lui présenter un cousin venu de Grèce qui faisait de la boxe là-bas. Il s'est montré prêt à me suivre. C'était un mensonge. On n'avait pas de cousin en Grèce, et encore moins boxeur. Simplement, mes parents étaient partis chez ma tante, et je voulais profiter de leur absence pour créer un climat d'intimité avec Vassil – qui faisait très attention à ne pas céder aux avances des élèves. Il suivait l'impitoyable conseil des dragueurs à succès : « Le bon loup chasse loin. » Il a frappé à ma porte, je suis allée ouvrir, toute tremblante. Dès qu'il est entré, il a compris la supercherie. Il ne m'a pas réprimandée. Il m'a regardé avec ses yeux de fils de sorcière et m'a dit : « Continue ta vie, la mienne est déjà brisée. Tu es jeune, tu es gaie, tu es pleine de lumière, moi, je suis un homme fini. » À ce moment-là, je l'ai aimé à la folie. « Épouse-moi, lui ai-je dit, et je ne demanderai rien, je veux simplement vivre à côté de toi. » J'étais malade d'un amour insensé. « Je ne peux pas aimer, m'a-t-il répondu, mon cœur est gelé. » « Je n'exige pas ton amour, mais parfois ta présence, quand tu le pourras. » Cela l'a fait réfléchir. « Aucune femme ne m'a demandé si peu, a-t-il répondu. Sais-tu que j'ai la réputation de passer mes soirées dans des bars et des tavernes ? » « Oui, et tu pourras les passer encore ». Ce marché lui a semblé intéressant. « Tu m'aimes donc à ce point ? » a-t-il demandé, incrédule. « C'est mon premier amour et ce sera aussi le dernier, lui ai-je répondu. Jamais je n'en épouserai un autre. » Une semaine plus tard, il est venu me demander en mariage.

Le crépuscule commençait à tomber petit à petit. Dans la lueur faible des étoiles d'été, Armand essayait de distinguer les traits de sa mère afin de l'imaginer jeune et innocente, prête à tout sacrifier pour un amour fatal. Qu'avait-elle à se faire pardonner pour vouloir tracer si passionnément sa passion ?

– La nouvelle de notre mariage s'est répandue à toute vitesse, continua Elsa. Tout Korça était étonné. Non pas par nos vingt ans de différence d'âge. Mais par le choix de Vassil. Rien ne semblait nous rapprocher. Et pourtant, c'est moi qu'il a choisie. Car je ne demandais rien, sauf lui offrir du bonheur. Je voulais le rendre heureux.

– Est-ce que tu as pu ?

– J'ai essayé. D'abord en entrant dans sa maison. C'était un gouffre, aucune belle-fille n'en sortirait vivante. Car il avait sept sœurs, toutes célibataires. On dirait que la sorcière leur avait jeté un sort pour qu'elles restent toujours près d'elle. C'était une des raisons pour lesquelles Vassil était célibataire : aucune femme ne supporterait les sept sœurs. Elles avaient de longs cheveux et des yeux clairs. Minces comme des ombres, elles traînaient, pied-nus, dans la maison à trois étages. Et quand le crépuscule commençait à tomber, elles se rassemblaient dans la cuisine et chantaient ; on aurait dit des sirènes. Leurs voix, incomparables à tous les sons humains, montaient au ciel comme des flèches brillantes et retombaient sous forme d'étoiles. Je pleurais de tant de beauté et leur obéissais avec une dévotion religieuse. La sorcière ne me regardait même pas, comme si je n'existais guère, mais elle me dominait. Le seul être étranger à tout ce monde de fantômes était le père de Vassil. C'est de lui que je me suis sentie terriblement proche. Oppressé par toutes ces femmes étranges et étrangères, il buvait sa vodka dans un coin, silencieux, en caressant le chien. Je pensais que nous étions deux personnages insignifiants dans ce monde de merveilles ; or, après en avoir parlé avec lui, j'ai découvert que l'unique personne banale et médiocre, c'était moi-même. Le père de Vassil avait été un bandit, condamné à quitter la Grèce, où il avait été pris en flagrant délit de vol. C'est pourquoi il était retourné à Korça, sa ville d'origine, avec sa femme et ses deux filles aînées, en attendant de retrouver le pays qu'il aimait tant. Mais le régime communiste avait mis fin à son rêve, les frontières avec la Grèce ayant été fermées pour toujours. Il a commencé à boire, incapable d'endurer une vie imposée dans cette ville d'ouvriers et d'artisans. Le voleur et la sorcière ont mis au monde huit enfants et, parmi eux, un champion de boxe. On disait que la mère ne pouvait supporter de le voir combattre sur le ring, alors que ses sœurs, admiratrices ferventes, le suivaient partout. Elles s'emparaient de tout ce qui lui appartenait; sans aucune gêne et sans se donner la peine de me demander mon avis, elles ont mis mes plus belles robes devant mes yeux écarquillés de fille ordinaire. Elles m'ont souri et je leur ai tout pardonné. Elevée dans une famille plate, ennuyeuse et correcte, j'étais ensorcelée par cet univers semblable à un conte : finalement, j'ai été victime de ma passion pour la littérature. Mon prince charmant m'est devenu encore plus cher, encore plus inaccessible. Comme prévu, il continuait sa vie de bars et de tavernes. Je souhaitais seulement qu'il vienne un peu plus tôt à la maison et que l'on boive ensemble du vin dans des verres de cristal devant la cheminée. Mais où trouver l'argent pour lui offrir cela ? C'est pourquoi j'ai commencé à travailler. J'étais très forte en maths et la banque de Korça avait besoin d'une employée. Contrariant le désir de mes parents qui avaient envisagé pour moi des études supérieures, je suis devenue comptable. Avec mon premier salaire, j'ai acheté du vin et des couverts. Mais je n'avais plus de chemise de nuit, mes belles-sœurs s'en étaient emparées. Que faire ? Après beaucoup d'hésitations, j'ai falsifié une facture et me suis offert une magnifique chemise de nuit de couleur violette qu'une de mes anciennes voisines avait reçue de l'étranger et souhaitait vendre.

Elsa s'arrêta, regardant Armand.

– Tu as falsifié une facture ? demanda-t-il, incrédule.

– Oui, et ensuite beaucoup d'autres. La facilité avec laquelle je pouvais obtenir tout ce que je désirais m'a enivrée. Je ne m'arrêtais plus... Les sœurs aussi voulaient boire du vin, elles avaient également besoin de chemises de nuit et de tant de choses. En plus, notre chambre à coucher était presque vide. Alors je l'ai décorée avec des meubles très chers. Je voulais que mon adorable mari mette les pieds sur de merveilleux tapis en laine à son réveil. Je lui ai offert des costumes, des cravates et des chemises sans fin. Mais surtout du bon vin. Il a commencé à préférer la maison aux tavernes où l'on servait du mauvais alcool qui faisait mal à la tête. Le comble, c'est que je ne ressentais aucune culpabilité. J'étais entrée dans un mauvais conte et me comportais comme Alice aux pays des merveilles : rien ne me semblait réel, tant mon ordinaire était au-delà de tout ce que j'aurais pu fantasmer. J'avais été ensorcelée par le chant. J'étais hypnotisée, hors de moi, de ma vie, de l'éducation que j'avais reçue jusqu'à mes dix-neuf ans. Je n'avais plus de conscience. J'accomplissais mon travail à la banque comme un automate et ensuite je falsifiais les factures de la même façon. Il n'y avait presque rien pour moi dans tout ce que j'achetais, excepté les chemises de nuit pour plaire à mon mari. Petit à petit, j'ai commencé à meubler les trois étages de la maison, pour que les belles-sœurs ne soient pas jalouses de ma chambre à coucher. J'avais inventé un héritage qu'il fallait tenir secret – ordre des autorités de la ville –, et personne ne me posait de questions. Seul le père de Vassil, l'ancien brigand, avait tout compris et m'avait prévenue : « Fais attention, ma fille. » Ensuite, il m'a cité un ancien proverbe albanais : « Le renard peut courir très loin, et pourtant un jour le fourreur le trouvera. » Je n'ai jamais oublié ce proverbe. Et j'ai commencé à vivre avec l'idée que j'étais perdue, que tout était fini, et qu'il fallait que je me prépare un beau cercueil. Au bout d'une année, j'ai fait les comptes de mes vols : ils s'élevaient à un million de leks. Plus de doute : je serais exécutée. C'était la loi.

Elsa se tut un instant. Ce long monologue l'avait épuisée. Armand avait baissé la tête et regardait par terre. Elle reprit le fil de son récit.

– Alors, ma vie s'est transformée en cauchemar. Je venais d'avoir vingt ans et il fallait me préparer à l'idée de tout quitter. Surtout mon mari adoré, qui croyait toujours à mon mensonge d'héritage. Au bras de quelle putain se consolerait-il ? Terrifiée, je me réveillais la nuit ; il m'embrassait tendrement. J'avais l'impression qu'il commençait enfin à m'aimer. Il rentrait toujours plus tôt à maison pour boire du bon vin près de la cheminée ; parfois il grattait sa guitare et se mettait à chanter avec sa voix immensément belle et alors, oh alors, je souhaitais mourir par tant de beauté ! Sa mère, la sorcière, souriait, satisfaite. Les sœurs ne se disputaient plus pour un vieux torchon, elles avaient de belles robes élégantes et des lits de reines. La paix régnait dans la maison – tout le monde m'adorait. J'étais leur fée. Seul le père de Vassil sentait la catastrophe et pleurait, dans son coin, avec sa bouteille de vodka, en caressant le chien. Je n'y pouvais rien, j'étais entrée dans le conte. Dans les légendes albanaises, il y a toujours une sacrifiée dans les fondations des maisons, pour qu'elles tiennent. On choisit la plus jeune et la plus belle. On l'enterre vivante, ensuite on construit. Et j'attendais mon enterrement. J'ai commencé à ne plus dormir, la nuit. Chaque matin, je me préparais à ce que l'on m'arrête. Un jour, je n'ai pas pu supporter l'horreur du lendemain. Je me suis levée du lit, j'ai embrassé mon mari, qui peinait à sortir de notre nid douillet, ensuite je suis allée vers son père – réveillé très tôt comme d'habitude. Il m'a donné un baiser sur le front : « Le renard va de lui-même chez le fourreur, a-t-il dit en soupirant, car il ne peut supporter l'angoisse d'être attrapé. » J'ai avoué d'un signe de tête. Seul le voleur comprend le voleur et ne le juge pas. J'ai traversé pour la dernière fois les rues de ma ville. C'était l'hiver, et la neige avait tout embelli. Je suis allée directement à la police et j'ai tout avoué. On m'a demandé si je savais ce qui m'attendait. J'ai répondu : « Bien sûr, l'exécution. » Et j'ai ajouté : « Mon dernier désir est de voir ma mère. » Elle est venue me retrouver en prison. Je ne voulais pas qu'elle me pose des questions, mais elle n'a pas pu s'en empêcher : « Pourquoi as-tu fait, cela, ma fille ? » Je lui ai dit que je ne savais pas, alors qu'en réalité je le savais bien : par goût des contes. Il suffisait de quelques falsifications de chiffres pour que le conte soit parfait. J'ai créé un univers fabuleux, avec des tapis, des meubles, de belles robes, de beaux costumes, du vin et de la lingerie fine pour que le chant puisse exister. Sûrement, tout le monde allait accuser la vieille sorcière de m'avoir jeté un sort.

Elsa essaya de chercher les yeux de Armand, mais il regardait toujours par terre.

– Ma mère est partie en pleurant. Étrangement, je ne ressentais rien ; soudain, quelque chose a bougé dans mon ventre. C'était toi, Armand. Quand les soldats sont venus me prendre pour m'exécuter, j'ai mis ma main sur le ventre pour te protéger et je leur ai dit de ne pas tirer plus bas que le cœur. Alors, le chef est allé chercher le docteur, qui a confirmé ma grossesse. Selon la loi, on ne pouvait pas m'exécuter. Impossible de tuer une femme enceinte. C'est grâce à toi, Armand, que je suis restée en vie ! Ma condamnation à mort s'est transformée en emprisonnement à perpétuité. Après trois mois et demi d'enfermement, un jour tu es né, prématuré. Tout s'est passé en cachette. Ma mère, qui avait simulé une grossesse pour tromper les gens du quartier, t'a adopté.

Armand commença à trembler :

– Alors, maman, c'est ma grand-mère !

Elsa avoua d'un signe de tête.

– Et je n'ai rien remarqué quand tu es apparue soudain chez nous ! Maintenant que j'y pense, oui, vous vous ressemblez ! Toi et maman, donc ma grand-mère... C'est incroyable !

Il se couvrit le visage de ses mains.

– Pour te protéger de ce passé horrible, elle est partie t'élever loin de tout, à Vlora, avec papa…

– Et… mon vrai père ? demanda Armand d'une voix éteinte.

– Il est vivant, mais il n'a jamais rien su. C'était plus simple ainsi, et c'était mieux pour toi. Le directeur de la prison, ancien élève de ma mère, a tout arrangé, afin de ne pas compromettre ton avenir. On a cru qu'on m'avait exécutée. J'ai changé de nom : pour tout le monde, je suis morte, Armand, tu comprends ? Et maintenant je revis, après dix-sept ans sous terre.

À ce moment, la lune apparue derrière un nuage éclaira le visage d'Armand.

– Tu pleures ?

– Les enfants pleurent, quand ils viennent au monde, murmura-t-il d'une voix tremblante. Moi aussi, je renais, après dix-sept ans de mensonge…

REMERCIEMENTS

À ma mère Elsa, pour son amour infini.

À mon père Mehmet qui m'a transmis le goût de l'extra-ordinaire.

À ma fille Elina, le plus beau cadeau de la vie.

À ma sœur Kozeta, âme tendre et courageuse.

Et à mon frère Enon qui rira bien de ces lignes...

CHEZ LE MÊME ÉDITEUR

Uppercut

Philippe Lafitte
Eaux troubles [microroman],
collection « Uppercut », 2017. | P |

Laure Mi Hyun Croset
S'escrimer à s'aimer [microroman],
collection « Uppercut », 2017. | P |

Sabine Dormond
Les Parricides [microroman],
collection « Uppercut », 2017. | P |

Fictio

Gilles de Montmollin
Latitude noire [roman],
collection « Fictio », 2017. | P |

Antonio Albanese
Voir Venise et vomir [roman policier],
collection « Fictio », 2016. | P |

Jean-Yves Dubath
Un homme en lutte suisse [roman],
collection « Fictio », 2016. | P |

Vincent Yersin
Lettre de motivation [poèmes],
collection « Fictio », 2016. | P |

Marius Daniel Popescu
Vente silencieuse [poèmes],
collection « Fictio », 2016. | P |

Ariel Bermani
Veneno [roman],
collection « Fictio », 2016. | P |

Joseph Incardona
Permis C [roman],
collection « Fictio », 2016. | P |

Marie-José Imsand
Le Musée brûle [roman],
collection « Fictio », 2016. | P |

Jean-Luc Fornelli
Les Feuilles du mal [nouvelles],
collection « Fictio », 2015. | P |

Olivier Chapuis
Le Parc [roman noir],
collection « Fictio », 2015. | P |

Jean-Yves Dubath
Des geôles [roman],
collection « Fictio », 2015. | P |

Jean Chauma
À plat [roman noir],
collection « Fictio », 2015. | P |

Ariane Ferrier
Fragile [chroniques],
collection « Fictio », 2014. | P |

Dominique Brand
Tournez manège ! [nouvelles],
collection « Fictio », 2014. | P |

Matteo Di Genaro
Une brute au grand cœur [roman policier],
collection « Fictio », 2014. | P |

Gilles de Montmollin
La fille qui n'aimait pas la foule [roman policier],
collection « Fictio », 2014. | P |

Joseph Incardona
Le Cul entre deux chaises [roman],
collection « Fictio », 2014. | P |

Pierre Fankhauser
Sirius [roman],
collection « Fictio », 2014. | P |

Laure Mi Hyun Croset
On ne dit pas "je" ! [récit],
collection « Fictio », 2014. | P |

Liliana Cora Fosalau
Déshistoires [poèmes],
collection « Fictio », 2014. | P |

Louise Anne Bouchard
Rumeurs [roman],
collection « Fictio », 2014. | P |

Fred Valet
Jusqu'ici tout va bien [récit],
collection « Fictio », 2013. | P |

Jean Chauma
Échappement libre [roman noir],
collection « Fictio », 2013. | P |

Florence Grivel
Conquistador [récit],
collection « Fictio », 2013. | P |

Marius Daniel Popescu (éd.)
Léman Noir [nouvelles],
collection « Fictio », 2012. | P |

Louise Anne Bouchard
L'Effet Popescu [récit],
collection « Fictio », 2012. | P |

Dominique Brand
Blanc Sommeil [poèmes],
collection « Fictio », 2011. | P |

Jean Chauma
Le Banc [roman noir],
collection « Fictio », 2011. | P |

A contrario campus

Serge Margel (dir.)
Pratiques de l'improvisation,
collection « A contrario campus », 2016. | P | E |

Groupe Anthropologie et Théâtre
Des accords équivoques. Ce qui se joue dans la représentation,
collection « A contrario campus », 2013. | P | E |

A contrario

Serge Margel (dir.)
Un revenu de base – une responsabilité citoyenne
revue « A contrario », No 21, 2015. | E |

Groupe de la Riponne, Antonin Wiser (dir.)
Déchets. Perspectives anthropologiques, politiques et littéraires sur les choses déchues,
revue « A contrario », No 19, 2013. | E |

Hors collection

Thomas Brasey
Un territoire, une rivière. Ni hommes ni bêtes. [photographies],
hors collection, 2016. | P |

Anne Voeffray
Magma [photographies],
hors collection, 2016. | P |

Pierre Stringa
Une nature, Veytaux Chillon [nouvelles et encres],
hors collection, 2015. | P |

Ulrike Blatter et Zivo
Malgré tout [poèmes et aquarelles],
hors collection, 2014. | P |

P : papier
E : ebook

bsnpress.com